Paul Lindau

Ferdinand Lassalle's letzte Rede (Eine persönliche Erinnerung).

Antigonos

Paul Lindau

Ferdinand Lassalle's letzte Rede (Eine persönliche Erinnerung).

Unveränderter Nachdruck der Originalausgabe von 1882.

1. Auflage 2024 | ISBN: 978-3-38651-706-5

Antigonos Verlag ist ein Imprint der Outlook Verlagsgesellschaft mbH.

Verlag: Outlook Verlag GmbH, Zeilweg 44, 60439 Frankfurt, Deutschland info@outlook-verlag.de
Vertretungsberechtigt: E. Roepke, Zeilweg 44, 60439 Frankfurt, Deutschland
Druck: Libri Plureos GmbH, Friedensallee 273, 22763 Hamburg, Deutschland

Deutsche Bücherei.

Ferdinand Lassalle's letzte Rede.

Von

Paul Lindau.

Breslau.
Druck und Verlag von S. Schottlaend
1882.

Die Umstände, unter denen ich Lassalles persönliche Bekanntschaft gemacht habe, sind sehr einfache und natürliche. Ich war im Jahre 1864 Redacteur der „Düsseldorfer Zeitung". Eines Tages — es war in der letzten Woche des heißen Monats Juni — besuchte mich in der kleinen Redactionsstube der Grabenstraße ein Kaufmann L., der Bevollmächtigte der socialdemokratischen Arbeiterpartei für Düsseldorf, und theilte mir mit, daß Lassalle in den nächsten Tagen dort eintreffen werde, um seine Vertheidigung vor den Richtern zweiter Instanz selbst zu führen. Lassalle war bekanntlich wegen Veröffentlichung der Rede, die er in den Versammlungen des allgemeinen deutschen Arbeitervereins zu Barmen, Solingen und Düsseldorf im Herbste des Vorjahres 1863 gehalten hatte, von der ersten Instanz zu einem Jahr Gefängniß verurtheilt worden. Er und der Staatsanwalt, der das höchste Strafmaß von zwei Jahren beantragt hatte, hatten gegen dieses Erkenntniß Berufung eingelegt, und die Verhandlungen der zweiten Instanz waren auf den 27. Juni vor der Düsseldorfer correctionellen Appellkammer anberaumt worden. Der Bevollmächtigte legte mir gelegentlich der Mittheilung über Lassalles bevorstehende Ankunft ein Schreiben Heinrich Heines vor, in welchem sich der Dichter des „Romancero" in wahrhaft begeisterter Weise über den jungen hochbegabten Ferdinand Lassalle ausspricht. Er fügte hinzu, daß die Veröffentlichung dieses Briefes in der „Düsseldorfer Zeitung" dem von allen liberalen Blättern auf das Heftigste angegriffenen Agitator unter den jetzigen Verhältnissen sicherlich angenehm und vielleicht auch nützlich sein würde; und da mein Liberalismus nicht so weit ging, um die Bedeutung Ferdinand Lassalles zu leugnen und seine Verurtheilung als etwas Wünschenswerthes zu betrachten, ich es vielmehr für meine Nächstenpflicht hielt, der feindseligen Stimmung, die gegen den Verurtheilten vorherrschte, in diesem kritischen Augenblicke entgegenzuarbeiten, soweit eben meine geringen Kräfte reichten, so reproducirte ich zwei Tage vor dem Processe gleichzeitig mit der Mittheilung, daß Lassalle in Düsseldorf eingetroffen sei, den Heine'schen Empfehlungsbrief. Diese ganz objective Wiedergabe wurde mir, beiläufig bemerkt, von meinen liberalen Gesinnungsgenossen und von den andern rheinischen Blättern sehr verübelt.

Auf den Abend desselben Tages, 25. Juni, war eine Arbeiterversammlung in Obercassel, das Düsseldorf gegenüber auf der andern Rheinseite liegt, anberaumt. Lassalle hatte die Absicht, die Düsseldorfer Gemeinde zu begrüßen. In jene Versammlung begab ich mich, um über den Verlauf derselben Bericht zu erstatten. Dieselbe wurde, ich weiß nicht mehr aus welchen formellen Gründen, verboten. In Folge einer komischen Verwechslung wurde ich bei diesem Anlaß der Gegenstand einer ganz unverdienten Ovation. Ich hatte ungefähr Lassalles Größe, und der Zufall wollte es, daß wir beide hellgraue Sommerüberzieher und einen runden schwarzen Hut trugen. Ich war erst seit kurzer Zeit in Düsseldorf, und mich kannten nur Wenige. Als ich nun etwa um ½9 Uhr das Versammlungslocal betrat, wurde ich mit stürmischen Hochrufen, die gar kein Ende nehmen wollten, angejubelt. Im ersten Augenblicke war ich ganz verdutzt; aber nach ganz kurzer Zeit durchschaute ich die Situation und mußte herzlich lachen. Der auf das Geschrei aus dem anstoßenden Zimmer herbeieilende Bevollmächtigte übernahm es, die Versammlung aufzuklären; „Herr Lassalle", schrie er in die jubelnde Menge hinein, „befindet sich in dem benachbarten Locale und bittet Sie, um alle Störungen zu vermeiden, ruhig nach Hause zu gehen." Nun schlug der Jubel in unendliches Gelächter um, das sich noch verstärkte, als einer der Anwesenden, der mich zufällig kannte, ausrief: „Dat is ja be Dunnerkiel von de Döffeldorfer Zeitung!" Die Versammlung löste sich bald in Folge des Befehls ihres Herrn und Meisters auf.

In dem an den Saal stoßenden Garten traf ich den Kaufmann L., und neben ihm stand Lassalle. Auch ihm hatte die närrische Verwechslung großen Spaß gemacht, so daß schon während der ersten begrüßenden Worte, die wir austauschten, eine recht gemüthliche, vergnügte Stimmung herrschte. Er dankte mir in überaus liebenswürdiger, fast überschwänglicher Weise dafür, daß ich die Thatsache seiner Ankunft in Düsseldorf nicht mit den gehässigen und hämischen Bemerkungen, an die er von Seiten der liberalen Presse gewöhnt wäre, sondern sogar mit einem Zeichen von wirklicher Sympathie gemeldet hätte.

Wir legten den Heimweg zusammen zurück. Unsere Unterhaltung

war gleich bei dieser ersten Begegnung eine so lebhafte, daß wir gar kein Ende finden konnten und das Quadrat des Karlsplatzes vielleicht vier-, fünfmal plaudernd umwandelten, bevor Lassalle in sein Hotel trat. Die Unterhaltung wurde übrigens fast einseitig geführt; ich ließ es mir an der Rolle des aufmerksamen Zuhörers genügen. Ein von mir biscret dazwischen geworfenes Wort genügte auch schon, um Lassalle sofort zu einer längeren, übrigens immer interessanten und wohlgefügten Gegenrede zu veranlassen. Er begleitete seine Worte mit sehr ausdrucksvollen, nur etwas zu unruhigen Geberden. Er blieb oft stehen und wechselte in seiner Rede häufig die Tonlage. Er pflegte die Sätze im hohen Tenor zu beginnen und im wohltönenden Bariton zu beschließen. Er articulirte sehr scharf und sprach mit Aufmerksamkeit, aber den Schlesier konnte er doch nicht verleugnen. Beim Abschied drückte mir Lassalle die Hand wie einem guten Bekannten; wir verabredeten, am andern Tage zusammen zu speisen.

Als ich ihn am 26. Juni abholte, fand ich ihn in jener eigenthümlichen, wie mir scheinen will, recht unbequemen Lage, die die Amerikaner besonders lieben. Er hatte sich auf das Sopha ausgestreckt, der Kopf ruhte auf dem tiefen Sitze, während er die übergeschlagenen Beine gegen den Tisch stemmte, so daß die Füße höher lagen als der Kopf. In der Hand hielt er einen Blaustift und vor sich auf dem rechten Schenkel einige beschriebene Octavblätter. Es war das Concept seiner Rede, die er am andern Tage halten wollte, und die er nun noch einmal memorirte und verbesserte. Er knüpfte sofort an das Ende unserer fröhlichen Unterredung oder vielmehr seiner fröhlichen Rede von gestern den fröhlichen Anfang einer neuen an und sprach mit ungewöhnlicher Lebendigkeit von allem Möglichen, namentlich von einigen Deputationen, die er aus den benachbarten rheinischen Städten am Vormittag empfangen hatte, und von der Zukunft seiner Partei. Zu der letzteren gab er vor großes Vertrauen zu haben, während einige Aeußerungen über den gegenwärtigen Stand der Dinge, namentlich über die Mühseligkeiten seiner Agitation, über die anstrengenden Reisen und Reden, über die Unannehmlichkeit, alle möglichen Leute empfangen zu müssen, den leibigen Verkehr mit Nichtswissern und Schwätzern und besonders über die Behelligungen von Seiten der Behörden deutlich eine gewisse Verstimmung verriethen.

Wir hatten das Essen auf 1 Uhr verabredet, und kurz vor 1 Uhr war ich in seinem Zimmer erschienen. Während er mir seinen Vortrag hielt, hatte er Toilette gemacht — ich hatte ihn in einem ungewöhnlich eleganten, beinahe koketten modischen Morgennegligé angetroffen — inzwischen war es aber auch 2 Uhr geworden. Um 3 Uhr hatte ich mich bereits zum zehnten Male erhoben, um das Zeichen zum Aufbruche zu geben; aber Lassalle schien, während er sprach, für alles Nebensächliche, als da ist: Zeit und Magen, das Verständniß gänzlich verloren zu haben. Er animirte sich immer mehr beim Sprechen, obgleich ich wenig that, um diese Lebendigkeit zu schüren. Er durchmaß beständig das ziemlich große Zimmer und ging wol einige hundertmal von der Thür zum Fenster und vom Fenster zur Thür, unausgesetzt gesticulirend und den Kopf in eigenthümlichen Schwankungen bald nach rechts, bald nach links bewegend, ihn bald senkend, bald aufrichtend. Alles was er sagte, hatte Hand und Fuß; aber so sehr mich der seltsame Mann auch fesselte, ich konnte doch nicht vergessen, daß ich seit zwei Stunden dem Mittagsessen vergeblich entgegenstrebte. Es war etwa ¼4 Uhr, als ich mich endlich zu einer längeren Rede ermannte: „Herr Lassalle," sagte ich zu ihm, „ich habe einen furchtbaren Hunger."

„Aber weshalb haben Sie denn das nicht schon längst gesagt?" entgegnete er, indem er wiederum die ersten Worte in der gewöhnlichen Stimmlage hervorbrachte, bei dem Worte „längst" in eine ungewöhnlich hohe Fistelstimme überschlug und das letzte Wort im tiefsten Bariton sprach.

An demselben Tage machte ich auch die Bekanntschaft der Frau Gräfin Hatzfeld, die in demselben Hotel Domhardt eine Treppe tiefer wohnte. —

Der 27. Juni, der Tag der öffentlichen Gerichtsverhandlung, war sehr heiß. Schon in früher Morgenstunde hatten sich vor dem Gerichtsgebäude Hunderte von Neugierigen und Anhängern Lassalles aus dem Arbeiterstande angesammelt. Nur ein geringer Bruchtheil der Einlaß Heischenden konnte berücksichtigt werden, und eine halbe Stunde vor Beginn der Sitzung, die auf 9 Uhr anberaumt war, war der nicht große Zuschauerraum in dem dumpfen unsauberen Verhandlungszimmer des alten Gerichtsgebäudes so überfüllt, daß die Thüren geschlossen werden mußten. Mir war in meiner Eigenschaft als Berichterstatter durch den Präsidenten, Herrn Hellweg, in dem für die am Proceß Betheiligten reservirten Raume ein Platz angewiesen worden. Dieselbe Vergünstigung war der Frau Gräfin Hatzfeld zugestanden, die gerade neben mir saß und die Freundlichkeit hatte, während der langen Sitzung mir den unbeschränkten Gebrauch Ihres mit Eau de Cologne gefüllten Flacons zu gestatten. Diesem Samariterdienste habe ich es zu verdanken, daß ich diese Erinnerung an Lassalles letzte Rede hier niederschreiben kann; denn sonst hätte ich es in dem schwülen, luftleeren und drückend heißen Raume, in welchem die Ueberzahl von Menschen eine schwererträgliche Temperatur verbreitete, trotz Lassalle wahrscheinlich nicht ausgehalten.

Kurz vor 9 Uhr war Lassalle zur Stelle. Die Richter befanden sich noch im Berathungszimmer, aber der Staatsanwalt war schon im Sitzungssaale und unterhielt sich just mit dem Advokaten Lassalles, Herrn Bloem, als der Angeklagte eintrat.

Den Ausdruck des Entsetzens, der sich auf den Physiognomien der Beiden spiegelte, als sie Lassalle mit allem Zubehör erblickten, werde ich nie vergessen. Lassalle, der aus Respect vor dem hohen Gerichtshof Balltoilette angelegt hatte: Lackstiefel, Frack und weiße Cravatte, trug nämlich unter dem linken Arme eine so erhebliche Anzahl von Büchern aller Formate, wie dieser überhaupt zu fassen vermochte, und hinter ihm her keuchte der Kaufmann L., der während des Düsseldorfer Aufenthaltes Lassalle die Dienste eines Famulus erwies, und der unter beiden Armen eine noch beträchtlichere Anzahl von Büchern heranschleppte. Es war eine Bibliothek, die Lassalle mit in den Sitzungssaal brachte. Ich hörte deutlich den Ausruf des Staatsprocurators, Herrn Rebe-Pflugstedt: „Um Gotteswillen!" Eine gedämpfte Heiterkeit ging durch die ganze Versammlung. Auf Anordnung des Advokaten wurde ein Tisch hergerichtet, auf welchen Lassalle und sein Begleiter die verschiedenen Werke, Broschüren, Zeitungen, Schriftstücke ꝛc. deponirten. Lassalle ordnete das ganze Material; er war mit dieser Vorarbeit gerade fertig, als der Gerichtshof eintrat.

Lassalle setzte sich auf die Anklagebank. Er richtete aber gleich nach Eröffnung der Sitzung an den Präsidenten das Ersuchen, ihm gestatten zu wollen, an dem hergerichteten Tische Platz zu nehmen, da er seine Vertheidigung selber führen wolle und dazu „einigen wissenschaftlichen Materials" dringend benöthigt sei. Dies wurde ihm auch ohne Weiteres gewährt, und die Verhandlung nahm nun zunächst ihren gewöhnlichen Verlauf. Es vergingen zwei und eine halbe Stunde, bevor Lassalle das Wort zu seiner Vertheidigung erhalten konnte, da unter Anderem auch die angeklagte Rede wörtlich verlesen werden mußte, deren Lectüre allein ungefähr eine Stunde beanspruchte. Um $\frac{1}{2}$12 Uhr begann das Plaidoyer Lassalles. Der Angeklagte sprach bis 1 Uhr; darauf wurde die Sitzung auf drei Stunden vertagt; er nahm seine Rede um 4 Uhr wieder auf und sprach bis $\frac{1}{2}$7, also vier volle Stunden.

Lassalles Vortrag machte durchaus den Eindruck der freien Rede, die allerdings vorher reiflich durchbacht und durch eine gedrungene schriftliche Disposition consolidirt sei. Er hielt in der rechten Hand eines der Octavblättchen, auf das er von Zeit zu Zeit einen flüchtigen Blick warf, um dann eine längere Zeit anscheinend zu extemporiren. Er sprach mit musterhafter Deutlichkeit und mit großem rhetorischen Schwunge. Dieselbe Eigenheit, die ich schon in der Privatunterhaltung an ihm beobachtet hatte: das Herumspringen seines modulationsfähigen Organs in allen Stimmlagen, zeigte sich auch hier und in noch verstärktem Maße. Sein Vortrag war im höchsten Grade wirksam, wenn auch nicht ganz frei vom Theatralischen. Für jede Stimmung, die er hervorrufen wollte, wußte er den richtigen Accent zu finden; aber Alles machte, gerade wie bei Gambetta, den Eindruck des sehr Beabsichtigten, vorher Studirten, zum mindesten vorher Probirten. Sei es, daß er spöttisch und ironisch über die ungenügenden Kenntnisse seiner Richter herzog, sei es, daß er das Pathos des eigenen Bewußtseins anwandte und den Brustton der Ueberzeugung anschlug, oder durch den wehmüthigen Ausdruck seines Märtyrerthums zu wirken suchte — trotz aller Bewunderung für die Schärfe der Gedanken, für die Knappheit und die Gewalt des Ausdrucks, für die hohe Beredtsamkeit wurde man den Eindruck des Schauspielerischen nicht recht los. Derselbe wurde noch verstärkt durch das lebhafte Mienenspiel und durch die Gesten, mit welchen Lassalle den Vortrag begleitete.

Der Ausdruck seines Gesichts wechselte beständig. Bald spielte ein spöttisches Lächeln um seinen Mund und er schloß halb mitleidig, halb verächtlich die Augen zur Hälfte; bald öffnete er sie in ihrer ganzen Weite, und drohende Blicke schossen zu den erhöhten Sitzen der Richter hinauf. Bald ließ er den Kopf in vernachlässigter Haltung hin und herschwanken — so z. B. wenn er die erheblichsten und schwierigsten wissenschaftlichen Feststellungen als etwas Nebensächliches, jedem Richter unbedingt Geläufiges erwähnte —, bald warf er den Kopf vornehm und kühn in den Nacken wie ein römischer Imperator.

Am meisten illustrirte er seine gesprochenen Gedanken durch die Handbewegungen. Hände und Arme waren in fast unausgesetzter Activität. Ruhig verhielt er sich nur bei den scharfen, rein juristischen Deductionen, für welche er die volle Aufmerksamkeit der Richter beanspruchen wollte; dann stützte er sich leicht mit der linken Hand auf den Tisch und verbarg die rechte, die immer eines der Octavblättchen hielt, hinter dem Tuch der tiefausgeschnittenen Weste. Galt es aber eine rhetorische Wirkung zu erzielen, so gesticulirte er mit der rechten in ganz merkwürdiger Weise. Da schnellte er den Arm nach vorn, als ob er boxen wollte, da zerhackte er mit dem zusammengeknifften Blättchen die Luft, als ob er Zweivierteltakt im Prestissimo schlüge, da hob er wie drohend die Hand auf und fuchtelte damit so leidenschaftlich, daß ihm mehrfach die geschriebenen Seiten entfielen und in langsamen Schwingungen zu Boden flatterten. Da dieser Effect sich zwei- oder dreimal und immer am Schlusse eines Gefüges seiner Beweisführung wiederholte — so daß die Pause, die durch das Sammeln und Aufheben der Blätter nothwendig wurde, sehr erwünscht war —, so konnte ich mich dem Eindrucke, daß auch diese Wirkung eine beabsichtigte sei, nicht ganz verschließen.

Während der langen Rede wechselte Lassalle auch häufig seine Stellung. Mitunter lustwandelte er hinter dem mit Büchern bedeckten Tische auf und ab, bisweilen blieb er auch einige Minuten wie festgewurzelt stehen, um alsbald wieder einige Schritte zu machen und langsam den Richtern sich zu nähern. Diese vorschreitende Bewegung hatte er namentlich am Schluß seiner Rede; während der sehr effectvollen Sätze, mit denen er endete, rückte er allmählich ganz unmerklich vor, so daß er bei dem letzten Worte hart an den Stufen stand, die zu dem Podium des Tribunals hinaufführten. Den Schlußpassus sprach er mit so erhobener Stimme und mit so lebhaften Bewegungen in die Richter hinein, daß sich der Präsident unwillkürlich etwas zurückbog.

Die Rede machte die tiefste Wirkung. Lassalles Advokat beschränkte sich auf wenige Worte. Der Staatsprocurator löste seine schwierige Aufgabe mit großem Geschick. Er sprach sehr kurz, sehr eindringlich und verzichtete vollkommen darauf, Lassalle mit den Waffen, die dieser geführt hatte: mit begeistertem Pathos, mit zündender Beredtsamkeit entgegenzutreten. Alle Zuhörer hatten die Ueberzeugung, daß Lassalle freigesprochen werden würde. Keiner war davon tiefer durchdrungen als der Angeklagte selbst.

Zum Glück hatte Lassalle sehr langsam gesprochen, und es war mir vermöge der sonderbaren Schnellschrift, die ich mir zu meinem Privat= gebrauche als Kammerberichterstatter in früheren Jahren allmählich an= geeignet hatte, gelungen, dem Vortrage mit den nur mir verständlichen Aufzeichnungen so zu folgen, daß ich im Stande war, mit Zuhülfenahme des unter dem Eindruck des Frischempfangenen noch besonders bereitwilligen Gedächtnisses den ungefähren Wortlaut nach dieser Niederschrift herzu= stellen. Nur an einigen Stellen, wo ich durch die interessante Persönlichkeit des Angeklagten von meiner Arbeit abgezogen war, machte mir die Redaction der Rede nach meinen Aufzeichnungen Schwierigkeiten. Um diese zu heben, wandte ich mich an Lassalle selbst. In der Zeitung hatte ich zunächst einen kurzen resumirenden Bericht gebracht und einen aus= führlichen mir vorbehalten. Am andern Tage, am 28., ging ich zu Lassalle und bat ihn mir bei dem Berichte zu helfen. Ich las ihm vor, was ich geschrieben hatte; er änderte einige wenige Kleinigkeiten und füllte durch sein Dictat alle Lücken aus. Die Revision und die Nach= träge erforderten immerhin noch mehrere Stunden. Ich saß als Secretär am Tische und schrieb nach dem Dictate Lassalles noch einige zwanzig Seiten, so daß der Bericht über die Rede allein 12—15 Spalten der Zeitung füllte. Lassalle dictirte wieder nach seiner Disposition, indem er beständig im Zimmer auf= und abschritt. Sein Dictat stimmte mit der am Tage vorher gehaltenen Rede bis auf die kleinste Wendung, bis auf's „und", wie die Schauspieler sagen, genau überein. Es fiel mir auf, daß er auch jetzt, da sich das Auditorium auf meine Person allein beschränkte und er keinerlei rhetorische Wirkung zu erzielen brauchte, ganz dieselben Accente wählte wie in der öffentlichen Sitzung und an den betreffenden Stellen auch dieselben Bewegungen machte wie am Tage vorher.

Die wörtliche Uebereinstimmung dieses Dictates mit der vor den Richtern gehaltenen Rede legte mir die Vermuthung nahe, daß auf den Octavblättchen die Rede wörtlich aufgeschrieben sei, und daß diese nicht blos, wie ich ursprünglich angenommen hatte, die Disposition dazu enthalte. Ich fragte ihn danach, und als Antwort reichte er mir seine Niederschrift hin mit dem Bemerken: „Sehen Sie sich das Ding genau an, es ist sehr praktisch! Sie können vielleicht einmal von dieser Art der Arbeit Gebrauch machen. Wenn es Ihnen Spaß macht, mögen Sie es behalten; Sie haben sich ja genug gequält!"

Ich nahm das interessante Geschenk natürlich mit herzlichem Danke an, und auf diese Weise bin ich in den Besitz des Manuscriptes der letzten Rede Lassalles gekommen. Ein Vergleich desselben mit dem Wortlaute der gesprochenen Vertheidigung ist lehrreich und interessant. Das Manuscript umfaßt nur 21 ziemlich weit geschriebene Octavseiten und läßt sich in demselben Tempo, in welchem Lassalle sprach, bequem in 25 Minuten vorlesen. Lassalle hat, wie ich schon sagte, vier Stunden gesprochen; und gleichwol fehlt in dieser geschriebenen Redeskizze nicht nur kein Glied, es fehlt nicht ein einziges Wort, auf das es irgendwie ankommt, so daß ein Jeder, der die Rede gehört oder gelesen hat, im Stande ist, bis auf einige wenige Sätze am Schlusse nahezu den ungekürzten Wortlaut derselben nach dieser kurzen Aufzeichnung wieder herzustellen. Mit einem Worte: es ist eine geradezu meisterhafte Skizze!

Schon in dem Aeußerlichen erkennt man die gedankenvolle, systematische Anordnung dieses Vortrages. Die Rede ist von Anfang bis zu Ende eine Kritik des Urtheils der ersten Instanz und folgt diesem Urtheile Zug um Zug. Lassalle hat seine Entgegnung in eine große Anzahl von Haupt= und Nebengruppen, die sich wiederum zertheilen und abzweigen, zerlegt. Die Hauptgruppen bezeichnet er mit römischen Ziffern I, II u. s. w. Es sind deren acht, die zur Entkräftung eben so vieler Punkte im Urtheil der ersten Instanz dienen sollen. Die den Hauptrubriken der Entgegnung untergeordneten sind mit kleinen lateinischen Buchstaben a, b, c ꝛc. bezeichnet, und die Abzweigungen dieser untergeordneten Rubriken mit griechischen Buchstaben α, β, γ ꝛc. Weitere Unterabtheilungen haben große lateinische Buchstaben A, B, C ꝛc., die dann in der Beweisführung wiederum verstärkt werden durch andere, welche ad A, ad B ꝛc. und mit arabischen Ziffern 1. 2. 3. bezeichnet sind. Alle diese einzelnen Momente der Beweisführung werden am Schlusse eines jeden Hauptabschnittes resumirt, und dies wird für das Auge schon dadurch sichtbar gemacht, daß verschiedene Striche von den einzelnen Gruppen nach dem resumirenden Satze hin gezogen sind. Auf den ersten Blick hin sieht die Sache ganz verwickelt aus, prüft man die Skizze aber genauer, so bietet sie eine geradezu bewunderungswürdige Klarheit und Anschaulichkeit dar. Man erkennt, daß es das kunstvolle Werk eines systematischen Denkers, eines wunderbar klaren Kopfes ist. Bisweilen hat Lassalle die Sätze ganz wörtlich niedergeschrieben und sogar die einzelnen Wörter kaum abgekürzt, bisweilen aber genügt ihm auch ein einziges Wort, nicht blos um einen Satz, sondern um den Stützpunkt für einen ganzen Complex von juristischen Deductionen und Ausführungen zu haben. Alles das wird sich am besten erkennen lassen aus der Gegenüberstellung der Skizze und des Wortlautes der gehaltenen Rede in einzelnen Stellen. Die Rede beginnt:

I Strafmaaß. Niemals, so oft auch etc.

Diesmal sogar zuerst. Grund:

Richter nicht der polit. Leidenschaft. Schwer, in polit. angeregter Zeit. Immer Mensch. Wenn ich also auch milde u. menschlich genug, um es wenigstens ent-schuldbar zu finden, wenn der Richter der polit. Stimmg. & Leidschft. 1 gew. Raum in seiner Brust nicht entziehen 'ann, so giebt es doch hierfür Grenzen.

Dieses Urtheil aber, über das ich mich bei Ihnen beschwere m. H. u. bitter be-schwere überschreitet alle solche Grenzen, soweit man sie ziehen mag, durchaus u. bis in's Unzulässigste! Dieses Urthl, üb. wlchs mich beschwere, ist — es thut mir leid das sagen zu müssen, aber ich er-kläre es Ihnen Gerechtigkeit heischend t. höchster Ruhe als meine unumstößliche sittliche Ueberzeugung u. ich werde Ihnen Punkt für Punkt den unwiderleglichsten Beweis dafür erbringen — durch u. durch dem Quell politischer Leidenschaft entflossen a., Und dies beweist zunächst am deutlichsten das Strafmaaß. In jeder andern Hinsicht könnte das Urth. ein mal jugé sein, wie deren ja so viele etc.

Aber das Strafmaaß zu dem man gegriffen, zgt. unwidersprechlich die Leiden-schaft, welcher dieses Urthl. entflossen ist.

„Meine Herren Präsident und Räthe! In den fast zahllosen Prozessen, deren Gegenstand ich war und die fast stets mit meiner Freisprechung endeten, habe ich fast niemals über das Strafmaß ge-sprochen. Ich habe mich immer nur in quali vertheidigt und hielt es gleichsam unter meiner Würde, mich auf die quan-titative Frage einzulassen. Diesmal muß ich umgekehrt mit der Betrachtung des Straf-maßes sogar beginnen. Der Grund ist einfach.

Die politische Leidenschaft soll diesen Räumen nicht nahen, der Richter soll — diese Forderung stellt das Gesetz an Ihr Amt, an Sie — keinen Raum geben in seiner Brust der politischen Leidenschaft, der politischen Stimmung. Es ist dies schwer in einer politisch angeregten Zeit, denn der Richter bleibt immer ein Mensch. Wenn ich also noch milde und menschlich genug bin, um es wenigstens entschuldbar zu finden, wenn der Richter der politischen Stimmung und Leidenschaft in seiner Brust einen gewissen Raum nicht ent-ziehen kann, so gibt es doch hierfür Grenzen. Dieses Urtheil aber, über das ich mich bei Ihnen beschwere und bitter beschwere, überschreitet alle solche Grenzen, so weit man sie auch ziehen mag, durch-aus und bis in's Unzulässigste. Dieses Urtheil ist — es thut mir leid dies sagen zu müssen, aber ich erkläre es Ihnen, Gerechtigkeit heischend, mit höchster Ruhe als meine unumstößliche sittliche Ueber-zeugung, und ich werde Ihnen Punkt für Punkt den unwiderleglichsten Beweis dafür vorbringen — dieses Urtheil ist durch und durch dem Quell politischer Leiden-schaft entflossen. Und dies beweist zunächst am deutlichsten das Strafmaß. In jeder andern Hinsicht konnte das Urtheil ein mal jugé sein, wie es deren ja so viele gibt, aber das Strafmaß, zu dem man ge-griffen, zeigt unwidersprechlich die Leiden-schaft, deren Product dieses Urtheil ist."

Um zu zeigen, wie Lassalle in der Disposition äußerlich das Unter-zuordnende unterordnet, um die einzelnen Glieder klar zu legen, die dann in der Rede als ein einheitlicher Körper erscheinen, mag hier die kürzeste Rubrik II in der Skizze und im Wortlaut aufgeführt werden.

II „In Erwägg, was das Strafmaaß betrfft.

a., — — „Strafbar bekannt sei mußte". Aber dies ist 1 gz allgem. Requisit jeder Strfbrkt. überhpt! Aber lesen Sie etc. Aber . .

b., „daß er durch seine Reden in den Arb. Verslggn. in gefährl. Weise agitirt hat, wovon die Hersgbe d. Broschüre **nur 1 Fortsz ist**".

Niemals ht man unvorsichtiger ds Geheimniß 1 Verurthlg etc!

Der Richter erklärt hier t einer unglbl. Aufrichtigkt, dß er gar nicht eigentl. das angekl. Vergehen bestrafe, — die Herausgbe d. Broschüre — welche er mit einem „nur" bezeichnet — sondern ds, was nicht angekl. ist u. nicht angekl. werden kann, meine gz gesetzl s. d. Boden d. Gszs stehde Agitation, die niemals von den Behörden gehindert od. angegr. worden ist, wl 0 konnte — diese erklt hier d. Richter, wl sie ihm 0 convenirt, ihm gefhrlch scheint, eigentlich z. vrurth., 0 ds angekl. Verbr. ds er als „Nur" hnstellt. (Später noch deutlicher!)

c.. Vorbestrafg.

Das Urtheil sage hierüber zuerst: „In Erwägung, was das Strafmaß betrifft, daß dem Angeschuldigten das Strafbare seiner Handlungsweise bekannt sein mußte." Dies aber ist ein ganz allgemeines Requisit jeder Strafbarkeit überhaupt. Ohne das Bewußtsein einer Widerrechtlichkeit gibt es bei allen nicht culposen Vergehen — lesen Sie alle Criminalrechtslehrer — gar keine Strafbarkeit, und dieses Motiv hat daher mit dem Strafmaß gar nichts zu thun.

Das zweite Motiv hierüber lautet: „daß er durch seine Reden in den Arbeiterversammlungen gefährlich agitirt hat, wovon die Herausgabe der Broschüre nur eine Fortsetzung ist."

Niemals, meine Herren, hat man unvorsichtiger das Geheimniß einer Verurtheilung enthüllt.

Der Richter gesteht hier mit einer unglaublichen Aufrichtigkeit, daß er gar nicht eigentlich das angeklagte Vergehen bestraft, die Herausgabe der Broschüre, welche er mit einem „nur" bezeichnet, sondern das, was nicht angeklagt ist und nicht angeklagt werden kann: meine ganz gesetzliche, auf dem Boden des Vereinsgesetzes stehende Agitation, die niemals von den Behörden verhindert oder angegriffen ist, weil sie dies nicht werden konnte — diese erklärt hier der Richter, weil sie ihm nicht gefällt, ihm gefährlich scheint, eigentlich verurtheilen zu wollen, nicht das angeklagte Vergehen, das er als ein „nur" hinstellt.

„Das dritte Motiv, durch welches das Urtheil das exorbitante Strafmaß rechtfertigt, lautet: — „und daß er wegen ähnlichen Vergehens schon bestraft worden." Dieses Motiv bezieht sich auf eine Verurtheilung, die wegen der Aufforderung der Bürgerwehr zum Widerstand beim November-Conflict vom Jahre 1848 gegen mich ergangen ist. Ich habe in dieser

Hinsicht zwei Bemerkungen zu machen: die erste würde ich vielleicht zu stolz sein geltend zu machen, wenn ich derselben persönlich bedürfte und wenn sie nicht vielmehr von mir blos deshalb gemacht würde, um einem großen allgemeinen Mißbrauch, der hier wie überall von der Staatsanwaltschaft in den politischen Processen getrieben wird, entgegenzutreten. Ueberall kommt die Staatsanwaltschaft bei politischen Processen auf Vorbestrafungen aus den Jahren 1848 und 1849 zu sprechen.

„Aber bei dem Thronwechsel haben wir eine Amnestie aller politischen Verurtheilungen erlebt. Die Amnestie beseitigt alle noch nicht eingetretenen Folgen eines Strafurtheils, somit auch die Strafverschärfung, die im Fall der Recidive aus einem solchen Strafurtheil sich ergeben kann. Und gleichwol stolpern hier, wie anderwärts, die Staatsanwälte über diese königliche Amnestie hin, als ob sie gar nicht existirte! Ich selbst bin der Bezugnahme auf diese Amnestie keineswegs benöthigt, denn in meinem Falle wird es unmöglich sein, von einer Recidive oder von einer Aehnlichkeit des Vergehens zu sprechen!" 2c.

α. Amnestie (für Andere)
β. Keine Recidive — — Urth. ds Berliner Kammergerichts. (Rechtskräftig) sbrückl.

Auf den ersten Seiten ist die Skizze am eingehendsten; je mehr sich die Rede dem Schluß nähert, desto geringer sind die schriftlichen Aufzeichnungen Lassalles. Es genügt ihm da, um eine große rhetorische Wirkung herbeizuführen, bisweilen nur ein hingeworfenes Schlagwort; er weiß dann ganz genau, was er sagen will. Ich führe zum Beweis die folgende längere Stelle der Rede an:

VIII Komme jetzt zu d. ltzten Motiv d. Urth., dem wchtgsten, d. wahren Tragebalken.

„Ich komme jetzt zu dem letzten und wichtigsten Motiv des Urtheils, dem wahren Tragebalken desselben, dessen Betrachtung ich eben deshalb bis jetzt verschoben habe.

„—nur den Zweck haben können" etc. Richter attestirt also selbst, daß er wenn er an einen seriösen, einen heilsamen einen berechtigten Zweck htte glben können, natürl. wt. entfernt gewesen wäre bfs Urth etc.

Das Urtheil sagt: „daß die in der Broschüre enthaltenen Angriffe der Bourgeoisie und die Ausfälle gegen die Presse nur den Zweck haben können, die besitzende Klasse bei den Arbeitern in Verachtung zu bringen und sie gegen die—

Staatsanw. gesagt „wider besseres Wissen st. 20 Jahren zerr. Fahne" Volksztg.

Also was natürlicher? Klssenhß, unwahre Erbittrg, stupide Bewegg. Wer sympathisirt da 0 t d. eblen Zorn d. Richters?

Dss Motiv urthlt also ab üb. ds gesammte merite au fond m. Agit., über d. Frage: ist es 1 grße culturh. Bew. oder nicht? und dann natürlich — — —

Ueber das philos. u. oekonom. Verdst au fond —

In m. Abwesenheit! heut selbst da — aber kann ich?

---

selben aufzuregen." Der Richter attestirt also hier selbst, daß er, wenn er an einen ernsthaften, einen heilsamen, einen berechtigten Zweck dieser Agitation hätte glauben können, natürlich weit entfernt gewesen wäre, dieses Urtheil zu fällen.

Das angeführte Motiv erklärt sich auch nur durch einen von dem Staatsanwalte, Herrn Effertz, in erster Instanz mit höchstem Nachdruck aufgestellten Satz: „Der Angeklagte erhebt wider besseres Wissen eine bereits seit zwanzig Jahren zerrissene Fahne." Dieser Satz, m. H., hat wörtlich so in einem der Leitartikel gestanden, welche die Volkszeitung in Berlin im Sommer vorigen Jahres gegen mich geschrieben hat. Sie sehen also beiläufig auch hier wieder, mit welchem Recht ich behaupte, daß es die Stimme meiner Feinde ist, die aus dem Urtheil erster Instanz und dem Plaidoyer des Staatsanwaltes spricht.

Dieser Unterstellung aber, von der bereits seit zwanzig Jahren zerrissenen Fahne, einmal zugegeben — was ist da natürlicher, als dieses Urtheil? Es ist also eine unwahre, fribole, nur zu stupidem Klassenhaß und Erbitterung treibende Bewegung! Einen andern Zweck kann wenigstens der erste Richter, wie er selbst in dem angeführten Motiv bezeugt, bei seiner Auffassung dieser Agitation, sich nicht als möglich vorstellen — und diese Auffassung einmal zugegeben, wer sympathisirt da nicht mit dem edlen Zorne des Richters?

„Dieses Motiv urtheilt also ab über das gesammte Verdienst au fond meiner Agitation, über das philosophische und ökonomische Verdienst derselben, über die Frage: ist es eine große culturhistorische Bewegung, die ich erregt habe, oder nicht?

Hierüber urtheilt jener Richter ab, in meiner Abwesenheit, und ohne meine Schriften zu kennen! Heute bin ich selbst da, aber kann ich wirklich diese Frage vor Ihnen plaidiren?

Welch merkwürdiger Proceß, wo die wichtigste rage etc.!

denn Zeit.

Welch merkwürdiger Proceß, wo die wichtigste Frage, um die es sich handelt, nicht einmal plaidirt werden kann!

Denn welche Zeit wäre wol erforderlich, um vor Ihnen zu entwickeln die philosophischen und ökonomischen Gründe, die historischen und statistischen Beweise, kurz das gesammte Material, welches das geistige Fundament meiner Agitation bildet und einen Umfang von fast siebenzig Bogen füllt? Sie finden gewiß schon, daß ich jetzt einen ungebührlichen Gebrauch von Ihrer Zeit mache, wie viel Tage und Wochen würde ich aber plaidiren müssen, um diese Frage zu erörtern?

Lassalle führt nun aus, welche gewaltigen Resultate seine Agitation in der kurzen Zeit gehabt, wie er nicht blos den Bischof, sondern sogar den König von Preußen zur Anerkennung des Hauptgrundsatzes seiner Lehre (Staatshülfe) veranlaßt habe, und fährt dann fort:

Wie dfr rasende Erfolg möglich, u. im Lfe 1 Jahres?

Und vorausgewußt und vorausver=kündet dfe Erfolge! (März, Hochverr. Rede p. 63 unten.) Wie war möglich? Habe ich von Vorfahr Faustus d. Höllen=zwang etc.?

„Wie war dieser rasende Erfolg nur möglich, und zwar im Laufe eines Jahres? Pflegt sich die Wissenschaft so rasch die Praxis zu unterwerfen?

Ich habe im Gegentheil in meinen „Indirekten Steuern“ gezeigt, daß z. B. die Einsicht von der Verderblichkeit der auf nothwendige Lebensmittel gelegten Steuer sich seit dreihundert Jahren durch alle wissenschaftlichen Compendien schleppt, ohne deshalb sich die Praxis unterworfen zu haben. Wie also, frage ich, war bei der weit schwierigeren Frage, um die es sich bei meiner Agitation handelt, in der kurzen Zeit eines Jahres ein so erstaunlicher Erfolg auch nur möglich? Habe ich von meinem Vorfahr Faustus den Höllenzwang geerbt?

Geheimniß dfr Erfolge enthüllen u. Ihnen dab. klaren Ueberbl. über den Ge=danken m. Agitation geben.

„Ich will Ihnen das Geheimniß dieser Erfolge jetzt enthüllen, meine Herren, und Ihnen dadurch den letzten Einblick in das Verständniß meiner Agitation gewähren.

Zwei Dinge müßten zusammenkommen. Höchste Wissenschftlichkt. Mit Panzerhemd von Stahl, — Maschen;

Zwei Dinge mußten zusammenkommen. Zunächst die höchste Wissenschaftlich=keit dieser Bewegung! Mit einem Panzer=hembe von Stahl, mit unzerreißbaren Maschen mußte jeder meiner Beweise um=

Aber noch nichts.

Die Großen der Erbe haben k. Nöthi=
gung, ja k. Veranlfsg z. kümmern um
das, was einsamer Denker etc.

Aber die Massen durchbringen t dem
Wiberhll bsr Lehre, aber sicher ihrer
Wahrht t ihr auf d. großen Markt treten,
aber sich aus dem tausenbschen Echo der
Volksstimme, das selbst die Gegner nur
vermehren, einen Keil machen, um an
das Gewissen b. Bischöfe und Einsicht
b. Könge anzupochen — das war s etc.

Urthl: „sich an die Arbeiter wendet."

Findet Erläuterg in b. Ausfhrgn b.
Staatsanw. Darüber: milde gesagt:
Versthn gz u. gar 0s v. bsn Dingen.

Abgshn davon bß b. Arb. sehr gt begrfn
hben, bß ohne ihr Bgrfn bse Reform
gar 0 szfhrn wären — kommen sie vor
allem als Resonanzboden in Betracht!

Auf bsn Resonzbbn mußte ich fschlgn
k. t. b. Hammer b. Wisschft, um allen
Lärm der Interessen zu übertäuben und
alle Intelligzen zu zwingen — freilich,

strickt sein. Wehe mir, wenn eine einzige
Masche riß!

„Aber dies war noch nichts. Ich
hätte, troß aller Wissenschaftlichkeit, Jahr=
hunderte lang gelehrte Werke schreiben
können, ohne daß sich die Praxis darum
gekümmert hätte! Die Großen der Erde
haben keine Nöthigung, keine Veran=
lassung und nicht die Gewohnheit, sich
um das zu kümmern, was der einsame
Denker in seinem Zimmer schreibt.

„Aber die Massen durchbringen mit
dem Wiberhall dieser Lehre, aber sicher
ihrer Wahrheit mit ihr auf den großen
Markt treten, aber sich aus dem tausend=
fachen Echo der Volksstimme, das selbst
die Gegner nur vermehren, einen Keil
schmieden, um anzupochen an das Ge=
wissen der Bischöfe und das Pflichtgefühl
der Könige — das war es, worauf es
hier ankam!

Das Urtheil constatirt es in einer
kurzen und dunkeln Wendung als ein be=
sonderes Unrecht, daß ich mich an die
Arbeiter wende.

Dieser dunkle Saß findet seine Er=
läuterung in den Ausführungen des
Staatsanwaltes erster Instanz, welcher
gleichfalls darin, daß ich mich an die
Arbeiterklasse wandte, einen Beweis mehr
für die Verwerflichkeit meiner Bestrebungen
sah! Ich werde dem Staatsanwalt und
dem Richter erster Instanz, um milde zu
sein, antworten: Sie verstehen ganz und
gar nichts von diesen Dingen.

„Abgesehen davon, daß die Arbeiter
sehr gut meine Lehren begriffen haben,
benn sie sind Menschen, wie Sie, meine
Herren, und der Vernunft zugänglich, wie
Sie, abgesehen davon, daß ohne das Be=
greifen der Arbeitermassen diese Reform
gar nicht praktisch auszuführen wäre —
kommen hier die Arbeiter vor allem als
Resonanzboden in Betracht.

Auf diesen Resonanzboden mußte ich
aufschlagen können mit dem Hammer der
Wissenschaft, um allen Lärm der Tages=
interessen zu übertäuben und alle Intelli=

freil, mit Ausnahme d. Düff. Staatsanw.
u. d. Düff. Ger. I Inft. — alle zu
zwingen, bis zum Bischof, bis zum König
dfe Frage zu ftudiren, resp. d. d. ihnen
z. Gbt. fthbn Intellgzn ftudiren zu laffen!

Ds Verspr. d. Köngs ift fo mein Werk
— die Folge gerade davon daß ich an
d. Arb. mich wandte (ß Stille d. Studirzimmers) — u. dfür werde ich angeklgt!

Eulenburg (Buchdruder) „tritt dfe
wchtge Frage an uns heran"

Concis.
Nicht Stellg u. Gewohnht d. Staats-
manns Probleme aufzufuchen. Abwarten
bs durch d. öff. Meing herantreten.

Zufage d. Minifters wie Verfpr. d.
Königs mein Werk. 1844 Bajonette —
jetzt Aendrg. ihrer Lage d. d. Gfetzgbg. —

Mein Werk! dab. bß ich mich an die
Maffen wandte und mit ihrem Echo die
Stimme d. Wiffenfch. verftärkte. Deffen
werde ich angeklagt.

Und noch Eins.
Bifchof. „Ueberftürzg."

In der That!

genzen zu zwingen — alle Intelligenzen,
fage ich, freilich, freilich mit Ausnahme
des Düffeldorfer Staatsanwaltes und des
Düffeldorfer Richters erfter Inftanz —
um alle bis zum Bifchof, bis zum Könige
zu zwingen, diefe Frage zu ftudiren und
refpective durch die ihnen zu Gebote ftehen-
den Intelligenzen ftudiren zu laffen.

„Das Verfprechen des Königs ift fo
mein Werk, die Folge gerade davon, daß
ich, aus der Stille des Studirzimmers
heraustretend, an die Arbeiter mich wandte,
— — und dafür werde ich angeklagt!

„Der Minifter Graf zu Eulenburg hat
vor Kurzem einer Buchdruckerdeputation,
die um das Coalitionsrecht petitionirend
bei ihm war, gefagt: „Von allen Seiten
tritt die fo wichtige Arbeiterfrage an uns
heran" und es weide nichts übrig bleiben,
als durch Gefetzesvorfchläge an den gefetz-
gebendcn Körper ihre Löfung zu verfuchen.

Ich finde jene angeführten Worte höchft
concis. Es ift nicht die Stellung, nicht
die Gewohnheit unfrer Staatsmänner,
Probleme aufzufuchen. Sie warten
ab, bis fie durch die öffentliche Meinung
an fie herantreten.

„Die Zufage des Minifters wie das
Verfprechen des Königs ift mein Werk.
1844 kreuzte man die Bajonette gegen die
fchlefifchen Weber — heute verfpricht man
ihnen, dem Principe meiner Agitation bei-
pflichtend, Aenderung ihrer Lage, Abhülfe
ihrer Noth durch die Gefetzgebung!

„Diefe merkwürdige, diefe heilfame Um-
wandlung ift, ich wiederhole es, mein Werk.
Sie ift die Folge gerade deffen, daß ich
an die Maffen mich wandte und mit ihrem
Echo die Stimme der Wiffenfchaft verftärkte! Und dafür werde ich angeklagt??

„Und noch Eins: der Bifchof fürchtet,
wie ich Ihnen fagte, Ueberftürzung
der Ausführung diefer von ihm für durch-
aus ausführbar gehaltenen Maßregel.
Und in der That, diefe Ueberftürzungs-
gefahr ift und war feit je, bei allen großen
Reformen gerade um fo mehr vorhanden,
je gerechter fie waren.

Disciplin.

Wie Ein Mann. Diese Massen etc.

Nun wohl! Die Zeit erwartend, wo jene Reformen sich vollbringen, disciplinirt inzwischen meine Agitation diese ungeduldigen Massen.

Wie Ein Mann eilen sich und gedulden sich (der Redner wandte sich bei diesen Worten halb rückwärts in das fast nur aus Arbeitern bestehende dicht gedrängte Auditorium, welches mit einem nicht zu beschreibenden Ausdruck von Spannung jedem seiner Worte folgte), drängen vorwärts und halten zurück diese großen Massen, welche unsern Verein bilden am Rhein, wie an der Elbe, an der Nordsee, wie an der Donau, auf meinen Ruf. Die Zeit jener praktischen Reform abwartend, bringt mein Verein diesen Massen inzwischen die Disziplin bei, die nicht blos für militärische Zwecke, nein, die in eben so hohem Grade für alle großen organisatorischeu Reformen unerläßlich ist.

50 Jahre nach meinem Tode über die gewaltige und merkwürdige Culturbewegg. anders denken als Düss. Ger.

„O, meine Herren, fünfzig Jahre nach meinem Tode wird man anders denken über diese gewaltige und merkwürdige Culturbewegung, die ich unter Ihren Augen vollbringe, als der Düsseldorfer Richter erster Instanz, und eine dankbare Nachwelt wird — dessen bin ich sicher — meinem Schatten die Beleidigungen abbitten, welche jenes Urtheil und jener Staatsanwalt gegen mich verübt!

= (Schluß) =
Wissenschft.

„Endlich, meine Herren, wie komme ich zu dieser Bewegung und wie ist sie entstanden? Bin ich ein unruhiger Zeitungsschreiber? Nachdem ich einen schweren praktischen Kampf beendet, der in den Annalen dieser Provinz seiner Zeit Aufsehen gemacht hat und zu dem mich, ich darf es sagen, nur mein praktisches ritterliches Pathos drängte, zog ich mich in die Stille des Studirzimmers zurück. Ich schrieb nicht Zeitungsartikel, noch Broschüren; ich gab große gelehrte Werke heraus in den schwierigsten Feldern des Wissens — und auf dem Gebiete der Wissenschaft lassen mir ja selbst meine leidenschaftlichsten Gegner, wie ungern auch, Gerechtigkeit widerfahren! Da fühlte ich mich, gerade durch den Zusammenhang aller dieser Studien noch einmal in meinem Gewissen gezwungen, einen praktischen Kampf zu bestehen und diese Agitation, von deren unerläßlichen Nothwendigkeit ich überzeugt war, in das Volk zu werfen.

Und wartete ich vielleicht, bis die Atmosphäre mit Pulverdampf und Barrikadenstaub erfüllt war, um mit dieser Agitation aufzutreten? Ich las einst in einem Fortschrittsblatt den höhnischen Ausruf: diese Bewegung käme sich selbst zu früh; wenn ich Erfolge hätte haben wollen, so hätte ich das Eintreten einer Krise abwarten müssen. Ich mußte herzlich lachen, als ich hier so klar das Umgekehrte meines Gedankens ausgesprochen sah. Gerade in der Zeit der höchsten Ruhe und vollkommenen Friedens trat ich auf mit dieser Agitation; diese Probleme sollten in tiefster Ruhe discutirt, durch Liebe und Einsicht gelöst werden; diese Reformen sollten durch Liebe und Weisheit eingeführt werden, oder aber, traf uns eine Krise, so sollte sie eine durch die öffentliche Discussion bereits reife und entwickelte Ueberzeugung der Nation vorfinden.

„So sehen Sie hier das merkwürdige Schauspiel einer Agitation, welche die Massen erfaßt hat, welche eine ganze Nation für und wider erregt und die ohne jede Hülfe von Ereignissen, die das Volk auf die Straße werfen, lediglich aus dem Gewissen Eines Mannes hervorgegangen ist. Wenn irgendwo, so liegt hierin ein großes Verdienst, und selbst in dem Leitartikel eines ministeriellen Organs wurde vor Kurzem (der Redner verließt den Schluß eines Leitartikels der Norbb. Allg. Ztg. vom 12. Juni) das Verdienstliche anerkannt, welches darin liege, sociale Schäden aufzudecken und zu discutiren „vor dem Einbrechen gefährlicher Krisen."

„Meine Herren, wie diese Bewegung aus meinem Gewissen hervorgegangen ist, so wende ich mich an Ihr Gewissen bei diesem Urtheil. Wenn Sie sich nur mit der Hälfte jener Gewissenhaftigkeit und Objectivität bei diesem Urtheil prüfen, mit welcher ich mich prüfte, als ich das Banner dieser Agitation erhob, so ist jede Verurtheilung absolut unmöglich! Denn erlauben Sie mir mit einer Versicherung zu schließen, die Sie nicht als ein rhetorisches Kunststück, sondern als den tiefsten Ausdruck meiner sittlichen Ueberzeugung betrachten wollen. Es ist hart für einen Mann meines Alters und meiner Lebensgewohnheiten, auf zwölf Monate, ja nur auf zwölf Tage in's Gefängniß zu gehen, und es steht in dieser Hinsicht nicht Alles mehr bei mir wie in meiner Jugend, wo ich mit derselben Gleichgültigkeit in's Gefängniß ging, wie ein anderer zum Ball! Aber trotzdem — lieber wollte ich mein Lebtag nicht wieder die Nacht des Kerkers verlassen, als dieses Urtheil gefällt zu haben!!"

Bemerkenswerth erscheint es, daß Lassalle den effectvollen Schluß, der beiläufig bemerkt einer Stelle in den Memoiren Beaumarchais' fast wörtlich nachgebildet ist, schriftlich gar nicht, oder doch nahezu nicht skizzirt hat. Hier war er seiner Sache offenbar ganz sicher. Vor dem letzten Passus: „wie diese Bewegung aus meinem Gewissen hervorgegangen ist" 2c., faltete er das Octavblatt sorgsam und bedächtig zusammen und legte es bei Seite. Darauf veranstaltete er, während er mit erhobener Stimme die Schlußsätze sprach, jene langsame Vorbewegung auf den Präsidenten zu, von der ich vorhin sprach, so daß er diesem beim letzten Worte gerade gegenüber und so nahe wie möglich stand. Die Wirkung war außerordentlich.

Die Verkündigung des Urtheils wurde auf den 1. Juli angesetzt. Lassalle reiste aber, wenn mich mein Gedächtniß nicht täuscht, schon am 29. oder 30. Juni ab. Ich brachte ihn mit dem Bevollmächtigten zur Bahn. Ich bin kein Freund von seltsamen Geschichten und bin nicht abergläubisch; aber ich muß hier doch eine Thatsache wiederholen, die ich schon vor etwa 13 Jahren, als die Meldung von Lassalles plötzlichem Tode eintraf, mitgetheilt habe. Ich war mit Lassalle während der Tage seines Aufenthaltes in Düsseldorf zwar sehr viel zusammen gewesen und hatte das lebhafteste Interesse für den in jeder Beziehung merkwürdigen Mann gewonnen, sein Benehmen gegen mich war das der größten Liebenswürdigkeit und des freundlichsten Entgegenkommens; aber von irgend einer Intimität konnte bei der Kürze unseres Verkehrs, bei dem Unterschiede des Alters und der Bedeutung natürlich nicht die Rede sein. Gerade deshalb war die Art und Weise, in der er sich von mir verabschiedete, im höchsten Grade überraschend für mich. Unsere Unterhaltungen oder vielmehr seine Vorträge waren fast ausnahmelos geschäftlicher Natur gewesen; sie hatten seine Agitation, den Proceß und was damit zusammen hing betroffen. Als nun der Schaffner die Coupéthür geöffnet hatte, und Lassalle mir die Hand zum Abschied reichte, überfiel ihn plötzlich eine ganz seltsame Rührung; er drückte mir die Hand mit einer Innigkeit, daß ich beinah aufschrie, er sah mich an wie einen guten Freund, von dem man Abschied für immer nimmt, und sagte mir mit zitternder Stimme wahrhaft erschüttert: „Ich werde Ihnen Ihre Freundlichkeiten nie vergessen." Darauf schloß er mich in seine Arme mit der vollen Zärtlichkeit eines väterlichen Freundes. Ich war von diesem unerwarteten Ausbruch von Herzlichkeit ganz betroffen; auch ich empfand eine seltsame Rührung gleichzeitig mit einem unbeschreiblichen Gefühl angstvollen Befremdens. Die ganze Sache kam mir nicht geheuer vor. Ich habe nie in meinem Leben Ahnungen gehabt; aber in diesem Augenblicke hatte ich die ganz bestimmte Empfindung: den Mann wirst du wol nicht wiedersehen! Um mir das auszureden, sagte ich ihm — er war inzwischen in das Coupé getreten, die Thür war geschlossen, und er steckte den Kopf durch das Fenster —: „Auf Wiedersehen, Herr Lassalle!" Er antwortete: „Wer weiß?" Und als ich ihn darauf erstaunt anblickte, fügte er hinzu: „Ein Jahr oder auch nur ein halbes Jahr kann ich mich der Freiheit nicht mehr berauben lassen! Ich halte es einfach nicht aus. Lieber expatriire ich. Ich bin nervös ganz herunter! Rigi Kaltbad wird mich hoffentlich wieder brauchbar machen." Die Locomotive pfiff, und unter dem schweren paffenden Keuchen der Maschine setzte sich der Zug langsam in Bewegung. „Leben Sie wohl!" rief Lassalle. Wir schwenkten die Hüte und sahen noch einige Secunden die Silhouette seines herrlichen runden Kopfes, der mit einem kleinen grauen Reisehute bedeckt war. Er nickte uns zu. — —

Auf dem Heimwege sprach ich mit meinem Begleiter noch über den merkwürdigen Abschied. Wir erklärten uns denselben auf die natürlichste und richtigste Weise: es sei nur ein Symptom der äußersten nervösen Ueberreiztheit.

Wegen der Veröffentlichung der Lassalle'schen Rede wurde ich angeklagt und später auch bestraft. Ich sollte durch diese Veröffentlichung die Düsseldorfer Richter erster Instanz beleidigt haben. Ich schrieb an Lassalle nach Rigi Kaltbad, ob ich ihn bei den bevorstehenden Verhandlungen als Zeugen laden dürfe, und ob er kommen werde. Der Brief blieb unbeantwortet. Es war natürlich. Zwei Tage später meldete eine Depesche den Tod Ferdinand Lassalles.

Empfehlenswerthe Werke

aus dem

Verlag von S. Schottlaender

in

Breslau.